지금이 바로 문득 당신이 그리운 때

시작시인선 0461 지금이 바로 문득 당신이 그리운 때

1판 1쇄 펴낸날 2023년 2월 22일
지은이 박찬호
펴낸이 이재무
기획위원 김춘식, 유성호, 이형권, 임지연, 홍용희
책임편집 박예솔
편집디자인 민성돈, 김지웅, 정영아
펴낸곳 (주)천년의시작
등록번호 제301-2012-033호
등록일자 2006년 1월 10일
주소 (03132) 서울시 종로구 삼일대로32길 36 운현신화타워 502호
전화 02-723-8668
팩스 02-723-8630
블로그 blog.naver.com/poemsijak
이메일 poemsijak@hanmail.net

ⓒ박찬호, 2023, printed in Seoul, Korea

ISBN 978-89-6021-698-3 04810
     978-89-6021-069-1 04810(세트)

값 11,000원

지금이 바로 문득 당신이 그리운 때

박찬호

천년의 시작

시인의 말

왜 쓰는지 모를 때가 많다
왜 써야 하는지 모를 때가 많다
왜 안 쓰면 안 되는지 모를 때가 많다
왜 쓰고 나도 허탈한지 모를 때가 많다
기도 같고 고백 같고 기억 같고 구원 같은 것
별거 아닐 거라 생각했는데 금방 맑아질 거라 믿었는데

제길
왜 모르는지 모르겠다

2023년 2월
박찬호

차 례

시인의 말

제1부 혹시 내가 잊은 것

빨간 말보로

너무 선정적이지
그 빨간색은
그 선명한 노선은 더욱 그렇지
그 어떤 담배에도 뒤지지 않고
가장 강력하고 분명한 맛과 향
어차피 비슷한 죽음이라면
이왕이면
분명하게
내가 죽음을 향해
분명한 의지를 가지고
후회 없이
달리고 있다는 것을
확실하게 알 수 있도록
누구나 볼 수 있도록

기도 1

아직은 하늘이 어둡고
새벽 찬바람은 헐거워진 내복 틈을 비집고

아침이 되려는 이 추운 새벽
어머니의 굽은 허리는 하얀 입김이 되어
붉은 십자가 밑 교회로 향하고

그래 오늘 하루도 무사히
제발 그렇게
성황당 신수神樹에 기도하듯이

그 간절함은 이 새벽 어둠을 열고
예수님이든, 서낭신이든
능력이 닿는 누구든
도울 수 있다면 그 누구든
구원의 손길을 내려 주길

내 아픈 어제를 어루만져 주길
내 불안한 오늘을 감싸 주길

\>

기도는 그렇게
멀리멀리
아주 깊이깊이
공명이 되어 전달되길

돈오頓悟의 술자리

막걸리 한 통을 비운 변호사 석태 형은
춘향이를 억지로 춤추게 해서
억지 춘향이라 했다 했고
난 가짜 춘양목을 사기 치려 하는 말을
그리 얘기하는 것이라며
춘양목의 불확실한 서사에
목소리 높였던 밤
그 밤은
속으로
석태 형보다 우월한 듯해
우쭐해졌던 날이었다
불안전한 미래의 비정규직이
변호사보다 아는 게 많은 듯한 날이었다
짧은 잡학이 아주 유용하게 쓰였던 밤
오랜만에 일 대 영의 완승을 거둔 듯한 날
내일은 날이 푸근할는지
밤안개는 많이 깊어졌고
좀 더 생을 멋있고 진지하게 살아야겠다는
왠지 모를 삶의 의욕이 처음으로 생긴 날
아주 사소한 일에

별 의미 없는 잡학 상식 하나에
존재의 가치를 부여하던 날이기도 했던
사실, 모든 게
그렇게 단순한 것이라 새삼 느끼는 날이었다

딥 페이크 시대

모든 것을 믿을 수 없게 된 때
이제
진짜는 가짜로
가짜는 당당하게 진짜로
상상은 사실로
거짓은 진실로
그리고
그 생각이 현실로

내가 누군지조차 의심해야 할 때
이 무서운 시대를 살아가는 나는
조심스럽게 살아가야 하는 나는
가짜이면 좋겠다
아주 깊은 진짜 가짜이면 좋겠다
아니면
지금 다중우주의 한 곳에서
사는 것이었으면 좋겠다

사랑도 차력처럼, 차력도 기도처럼

하핫 얍!
기氣야 꼭 전해 다오
너를 향한 나의 사랑을
부드럽지 못한 이 간절함을
네 몸 안으로
나를 바라보듯
멀리 먼 산을 응시하듯
뭔가를 간절히 바라보는 네 눈길 안으로
기氣야 꼭 들어가거라
저 맑은 해가 오르면서
피할 수 없는 빛을 네 머리 위로 내리꽂듯
내 두 팔을 길게 뻗으며
온 힘을 다해 기를 모아
아아아 핫!
꼭 네게로 가거라
꼭 효험이 있으라
힘찬 차력과 같고
간절한 기도와 같고
사실은 애절한 눈물인 사랑의 기합
마음만 아픈 우리들 사이의
그 공허한 사랑의 깊은 외침

부부 싸움

칼로 물 베기라지만
오랜 습관에
어느새 그 물길에도
상처는 생기고 또 아물고
그것을 이미 굳어 버린 상처라
얘기할 수 없는,
오랜 물 베기에도 아물지 않고
항상 새살이 돋는 것처럼 보이는
서로 얘기하지 않는 깊은 내상
원래 다 그런 거라 위안하며
시간이 지나면 잊을 거라 생각하며
그냥 스스로 감싸고
스스로 용서하고
스스로 이해하고
상대가 있는 그 싸움은
항상 혼자 희생하며
갈무리한다 믿으며
조금씩
아주 조금씩
쌓이고

그러면서
조금씩
아주 조금씩
멀어진다

손발 노동

이른 아침
손발 노동을 얘기한 이를 생각하며
손발 노동의 의미를 잊지 않으며
핏기 어린 찬바람이 되어
난
손발 노동의 새벽 버스를 탄다
그 노동의 장인이 되기 위해
그 고생의 달인으로 남기 위해
새벽바람
눈을 들어
매서운 눈을 치켜뜨고
멀리서 달려오는 너를 바라본다
이제 곧
봄은 오고
꽃은 필 테니
혹시 올지 모를 그날을 위해
이 노동의 새벽은
멀리서
푸른 하늘로
천천히

눈을 뜨고 있다
아주 천천히, 아주 멀리서

술 취한 재언이 형

첫 시집이 나올 즈음
그해 가을
바람은 제법 차가웠고
술에 취한 재언이 형은
자기도 옛날에는 시를 썼다고 했다
일필휘지로 썼다
나에게 주겠다며
인심 쓰듯, 팁을 주듯
당당히 내밀었다

화음을 맞춘다 입과 손을 맞춘다
가을 열매가 여문다
봄부터 이미 준비된 대로
단풍이 들지 않아도
우리는 이미 물들었다
졸졸 흐르는 도랑물이 강을 키웠다
겨울은 봄이 올 것을 눈 녹는 것으로 알았다
이제 가을은 가을이기에 더 생각할 필요가 없다
그대들은 노래를 부르고
난 한잔 술에 더 깊이 물들어 가는 가을

＞

난 감사히 받겠다고 했고
혹시라도 다음 시집을 내게 되면
형 글을 꼭 싣겠다고 했다

술에 취하면 시인이 되고
술이 깨면 보험을 파는 형의 어깨가
그날따라 약간 올라가 있었다
그날따라 괜스레 더욱 낮은 목소리로
누구도 귀담아듣지 않는
제행무상諸行無常과 제법무아諸法無我에 대해
설명하고 있었다

시간은 계속해서 가고 있다

정확하게
2017년 12월 26일 오후 3시 20분 28초부터였어
문득 얼마나 남았는지가 산술적으로 궁금해서였어
팔십까지 살기를 기대하면서
851,472,000초가 남았어
지금 이후 108,000,000초를 썼지
아니
108,000,001,
108,000,002,
108,000,003초
유한한 시간을 가장 무한처럼 쓰고 있어
영원할 것처럼

약 타러 가는 길

습관적으로
아니,
아주 오래된 믿음으로
기도와 같은 구원의 마음으로
병원을 다녀오는 길
3개월 치 한 꾸러미 약을 사고 돌아오는 길

꽃망울이 열리던 그 초봄을 지나
한여름에 만나 그이는 벌써
십수 년째
다음에는 바람 시원한 가을에 보자 하고
그날이 되면 또
마른 바람이 추운 어두운 겨울에 또 보자 하고
그리고 다시
봄이 오고

그렇게 네 번의 약봉지를 들면
또 일 년이 가고
그렇게 해는 가고
훌쩍훌쩍 가고
참 빨리도 가고

우리가 정말 사랑했다면 1

당신이 좋아하는 노래를 같이 좋아해 주는 것
고요히 밤비가 내리는 것을 당신의 눈물이라 생각하는 것
사월에 눈 내리듯 지는 벚꽃 잎에 뜬금없이
당신 얼굴이 겹쳐 보이는 것
당신을 위해 기도를 하게 되고
그것 때문에 시름과 걱정도 조금씩 늘어나는 것
불안하지만 불안해하지 않는 것
믿음이라는 것을 믿는 것
당신도 나와 같을 거라는 확신을 갖는 것
그런
무조건적인 절대 공감을 보내는 그것

잠시 있었다가 잠시 후 사라지는

잠시 한눈을 판 사이
가을은 그렇게 왔다
가을이 온 것이 분명했다
맥문동 보랏빛 꽃 대롱이
저리도 꼿꼿하고
검초록 잉크 부추 단처럼
잎들은 푸르다 못해 어둡기까지 하니
이 낮은 언덕 가난한 동네에도
가을이 오면
그래도 가끔은 모양새 갖춘
멋진 그림들이 그려지나 보다
곧 잊히고
곧 지워지고
곧 떨어지고
곧 사라지기 전에
잊지 않도록
지워지지 않도록
오래오래 봐 두자
기억해 두자

유언 1
—아내에게

날이 그래도 선선하고 하늘이 좀 더 높아 보이는, 정말 맑은 가을이었으면 좋겠어. 죽는 날을 내 마음대로 정할 수 있다면 말이지. 그래 생각해 보면 그리 짧은 시간만은 아니었어. 당신에게 기대어 살았던 그 많은 날들에게 감사해. 지금 이 순간 가슴 깊이 켜켜이 쌓아 둔 복잡다단했던 지난날이 그리워.

당신은 모르겠지만 음…… 내게 남은 날이 좀 더 많았으면 하는 때는 오로지 당신을 생각하는 그때야. 그날이 얼마나 남아야 부족하지 않을까. 지금 시간이 많이 남지 않았다는 것은, 우리들 이 슬픔이 곧 별이 될 날도 머지않았다는 것은 빨리 눈물을 닦고 이제 서서히, 그리고 담대하게, 차분히 이 현실을 품어 안아야 한다는 얘기일 거야.

사실은, 꼭 별처럼 반짝이며 달처럼 은은하게 항상 당신을 비춰 주고 싶었는데 마음처럼 되지 못하고 당신에게 무심히 살았던 아픈 지난날에 미안해.

이제 그날이 곧 와. 그 다가온 그날을 미소로 맞이할 수 있다면 얼마나 좋을까. 바라는 것은 그간 잊힌 많은 것들이 아름다웠다고 생각했으면 해. 그리고 남겨진 모든 것이 또 지나간 어제와 다름없는 일상이라 생각했으면 해.

이 글을 보게 될 즈음이면 난 이미 없겠지만 그래도 분명히 하고 싶은 것은 당신을 사랑한다는 것. 그간 말은 못 했지만 지난날에도 사랑했었고 이후 또 어디에선가도 사랑하는 당신을 그리며 내 그 따뜻한 눈길이 햇살이 되어 비출 거야. 내가 떠난 뒤 또 해가 들거들랑, 햇볕이 내리쬐거들랑 그 햇살이 곧 내 숨결이라 생각해 줘.

지난 모든 날이 멋지지만은 않아서 미안해. 하지만 잊지 말았으면 해. 우리가 함께했던 그 많은 날들이 생각해 보면 어제 일처럼 가깝게 느껴질 만큼 아직도 생생하다는 것을. 그리고 내게 그날들은 불행보다 행복이 훨씬 컸다는 것을.

이제 정말 그 시간이 오려나 봐. 내가 전에 당신 손을 꼭 잡고 얘기했던 그 시간. 내가 내 마음대로 할 수 없는 그 시간이지만, 그래도 대범하게 맞고 싶어. 지금 이 시간, 얘기를 할 수 있는 마지막 순간이야.

그동안 고마워.

잊지 말아 줘.

힘든 여정을 함께한 나의 아내여.

사랑한다 나의 아내여.

영원히 잊지 못할 나의 아내여.

어떻게 죽을까

따갑지는 않아도 눈은 분명 시린
가을볕에 내몰린 며느리처럼
나는 맑은 하늘 한가운데 서 있다

자외선은 먼 우주를 가로질러 내 몸에 닿는다
비타민 D의 생성과 뼈의 발달,
삶의 연장

자외선을 쐰다
건강한 삶을 위해
또한 피부암을 위해
하늘 아래 광합성은 피부로 파고든다
조금씩 조금씩
죽음을 위해

볕 좋은 가을 하늘 아래
자외선은 죽음과 또 다른 죽음의
선택을 강요하는 논리적 모순

결론은 하나
무엇으로 어떻게 죽을 것인가

그날이 오면

혹시 오늘이 올지 몰라
사실 많은 날들을 연습했습니다
괜찮을 거라며
곧 잊을 거라며
눈물을 흘리지 말자며
이 아픔은
그냥 지나는 바람과 같은 거라며
정말 그럴 것이라며
깊은 심호흡을 하며
많은 날들을 연습했습니다
오늘이 오지 않길 바랐지만
올 줄 알았습니다
많은 날
그대를 보내는 오늘을 연습했습니다
힘든 오늘을 오래전부터
연습해 왔습니다
이 오늘을
아픈 이 오늘을
이날을 위해 살아왔습니다
아직 그대가 있는 이날을 위해
그대가 떠나는 오늘을 위해

제2부 너를 통해 깨닫고 있어

데자뷔

아버지 제 손을 꼭 잡으세요
그래, 천천히 가자
육십이 청년이 되어
팔십의 아버지를 꼭 잡고
잃어버리지 않도록,
잊어버리지 않도록
잡은 손 놓지 않고
휜 허리는 덜 휜 허리에 기대어
잰걸음으로 조심스럽게

아주아주 오래전
육십이 팔십에 기대어
어린 잰걸음을 걸을 때처럼
딱 그때처럼

어스름 해는 기우는데
여름 하늘은 길기도 하지
참 밝기도 하지

그날

그날은
모태 신앙 덕구가
별 두 개를 달고 출소한 날이었고
덕구 엄니가
범사에 감사한다며
젊은 목사에게
한 달 치 청소 월급을
연보로 바친 날
또 가난 속의 허무한 믿음이
믿음 안에서 찾은
안식의 가난과
충돌했던 날이면서
불안한 덕구의 눈동자와
불완전한 목사의 눈동자가 마주친 날
그날은
앞으로 지을 죄를 미리 사함받으려
구원을 선약하고 싶었던 날

낮은 비구름 사이
잠시 햇빛이 빼꼼했지만

오후 한때가 어두웠던 날

그래서 유달리 기억에 남는 그날

기다림

아직은 늦지 않았을 거라는 생각을 많이 했어
언젠간 꼭 올 거라며 기다렸지

이제 곧 내일이면 기다리던 소식도 오고
또 머지않아 가을 낙엽이 다 지고 나면
내게 와 줄 거라 기대했어

무엇이 문제인지 몰랐던 거야
힐끗이라도 볼 수 있는 기회조차 없었으므로
어떻게 해야 네 맘에 드는지 생각조차 하지 못했던 거야

그래도 한 번쯤은 꼭 다시 볼 수 있을 거라 믿었어
그해 겨울이 오기 전 바쁘게 가을걷이를 하다 보면
문득 바람 구멍으로 네가 가늘게라도 보일 줄 알았어

아직도 너를 보지 못했어
그래도 아직은 기회가 있을 거라는
실낱같은 믿음으로,
이 기다림의 끝에서
반드시 미소로 화답하리라는 희망으로,

\>

이제는 제발 잊었으면 하는 너를 기다린다
구도의 마음으로 너를 기다린다

밤 열차

기차 차창으로 더 이상
내 얼굴이 비치지 않을 때
고개 들어 선반 위의
두터운 외투들을
주섬주섬
주워 들을 때
그리고
두리번두리번
주위를 살필 때
미끄러지듯 아주 천천히
풍경이 흘러갈 때
그것은
이제 오랜 생각의 종당이
왔음을 느낄 때
다들 굳은 표정으로
힘없이 처진 어깨들이
우루루 우루루
바쁘게, 아주 바쁜 듯
빠져나간다
늦은 밤 열차는

그렇게
지치고 외롭고 힘들게 도착한다
너도 치익 하며 한숨 쉬고
나도 휴 하며 깊은 숨을 내뱉고
항상 그렇게

건강한 퇴근길

돌아오는 길은 막히지 않도록
막히면 이유 없는 화가 나니까
오후 다섯 시 이전에
그 차 안에서 벌써 2년도 더 지난
시사 풍자 프로그램을 들으며 간다

이유 없는 화가 나지 않도록
우합류 지점 근처쯤
깜빡이는 켜지 않는다
깜빡이를 켜는 것은
뒤차에게 나를 향해 돌진하라는
뜻이기 때문이다

조용히, 스리슬쩍,
뒤차가 사기당한 기분이 들도록
실력 있게 끼어들기

차가 달리고 있는 길은
신호등도 없고 퇴근 시간도 아니므로 붐비지 않고
그러므로

이유 없는 화가 나지 않는다

모든 것이 물 흐르듯 자연스러운 퇴근길
비상등을 켜고 있는 고장 난 차는
이유 있는 화를 치밀게 한다
건강하고 조용하고 섬세한 하루를 망치는 검은 음모
그것은 시민의 수명을 단축시키는 공공의 적

화가 나지 않는 귀가를 위해
퇴근 시간을 더 앞당기기로 했다

삼월의 바람은 얍삽하다

삼월에는 때론 거지 같고
때론 간신 같은 바람이 분다
겨울의 한기도 아닌 것이
그렇다고 분명
봄날 기대 부푼 훈풍도 아닌 것이
그 바람은
때에 따라
사람 따라
한기와 훈풍으로 얼룩진
누더기 겨울 속옷의
묵은 냄새로 몰려온다
그 삼월에는,
바람난 바람은
때론 나를 따라와 한기가 되기도 하고
너를 향해 훈풍이 되기도 하고
때론 향기로 남기도 하고
휭한 피리 소리로 남기도 하고
이리 하늘하늘
저리 살랑살랑
사월이 오기 전

간신 같은 삼월의 낮 바람은

그래서 믿을 수 없다

바람을 바람으로 좋아할 수 없다

세레나데

까맣게 숨겨 놓았던
어둠 저편에 고이 모셔 놓았던
불안했던 기억을
추억이라 포장하고
경험이라 위안했던
발전적이지 못한 옛이야기들

이제
보다 새롭고, 보다 진취적인
그래서 그 꿈이 희망적인
긍정의 세레나데로
어두운 밤을 두려워하지 않고
낭만적으로 노래하는
그 아름다운 이야기

꼭 부르고 싶지만
이미 쉬어 버린 갈라진 고음으론
부르기 어려운 노래
그 저녁을 눈물 나게 하는
낭만의 사랑 노래

>

내가 유일하게 부르지 못하는 노래

내가 꼭 부르고 싶은

너를 향한 외침

시간

늦은 밤 귀갓길
그대의 어깨 위에도
초가을 밤이슬은 내린다

소리도 없고 기척도 없이
그래서 문득 돌아보면
어느새
어깨 위를 서늘하게 만드는
정확히 그대 오늘 하루의
단내 나는 발품만큼
초가을 밤이슬이 내린다

어스름 달빛을 타고
치열했다고
살기 위해서 살아남아야 한다고
훌쩍 지나 버린
짙은 밤 거울 속 내 모습처럼

그렇게 조용히
흔적 없이 살며시

＞
그 속내를 드러내지 못한
365분의 1일의 궤적이 내려앉는다

그리고 지하철
빈자리 자리마다
재빠른 행복으로 만족하며

습한 기운이여 지워져라
궤적이여 잊혀라
더러는
쓱쓱……
또는
툭툭……

올곧지 못한 소나무

왼쪽으로 왼쪽으로만 뻗쳐 오르는 그 소나무
어릴 적
유년의 식목 그 시절
아마도 버팀목을 제대로 못 해 줬나 보다
누구의 관심도 못 받고 그렇게 컸나 보다
지금에 와서 휘어 오르는 몸통이 때론 멋있다 하기도 하고
또 어떤 이는 식목을 저 따위로 했다 하기도 하고

오랫동안 찬바람을 견디고
살아 있는 네가 대견하다
곧은 나무들 사이 주눅 들지 않고 살아 줘서 고맙다
꿋꿋하게 견디고 있는 네가 부럽다
그래서 멋있다

유언 2
—딸에게

이제 남은 시간은 아무도 모른다. 사실 언제나 그랬듯 지금도 어제처럼 살 뿐인데 그래도 너를 마주한 이 순간 마음이 초조한 것은 남은 그 시간이 정말 바로 코앞에 왔다는 증거인 것 같구나.

이제서야 하는 말이지만, 나는 너를 단지 꽃으로, 사슴으로, 예쁜 풍경으로만 남기고 싶지는 않았다. 그렇다고 네가 나를 위한, 세상을 위한 투사로 남아야 한다는 것도 아니었다. 단지, 딸, 아들 구분 없이 너 또한 나와 동시대를 살아가는, 아픔을 같이하는 누군가의 자식이자 엄마로서 같은 인간들에 대한 무한한 애정과 열정을 가지고 또 그런 그윽한 눈으로 세상을 봤으면 하는 바람이었다. 너도 겪고 있다시피 그 누구의 삶도, 그 어떤 삶의 방식도 절대적인 삶의 기준이 될 수 없다는 것을 잘 알고 있을 게다. 단지 우리에게 단 하나 버릴 수 없고, 버려서도 안 되는 기준이 있다면 그것을 네가 인정한다면, 그건 바로 후회 없이 살아야한다는 것이다. 그러기 위해서, 그런 부끄럼 없는 삶을 위해서 쉽게 미워하지 말고, 쉽게 슬퍼하지 말고, 또 쉽게 분노하지 말고, 그렇게 쉽게 지치지 말고 살아갔으면 좋겠다.

어떤 것이든 중요치 않다. 누구의 얘기도 중요치 않다. 사람들의 시선 따위도 중요치 않다. 모든 것은 네게 달렸고 바로 그 중심에 네가 있다는 것이 가장 중요하다. 거칠 것 없이 살아라. 괜찮다. 옳은 것을 위해, 맞다고 생각되는 신념을 위해, 정말 하고 싶은 것을 위해 지금 일어나라. 밖으로 나가라. 주저하지 말고 소리 질러라. 그렇게 후회 없이 살아라. 그것이 이 아비가 이 시간에, 이즈음에 그간 너에게 하지 못했던 마지막 한마디이다. 꼭 행복했으면 하는 딸에게 바라는 비밀스러운 한마디이다.

지금, 마지막 몇 마디를 딸에게 전하는 이 시간에 창밖에는 가을비가 조용히 내리고 있구나. 분명 내년 이 시간에는 보지 못할 비구나. 사람들이 이 비 내리는 가을을, 가끔은 하늘 끝 간 데 없이 높고 푸른, 그 가을이 아름답다고 얘기하는 것은 울긋불긋 꽃들이 화려해서만은 아닐 것이다. 이제 곧 춥고 어두운 겨울이 닥쳐올 것임을 알면서도 의연하고 거침없이, 두려워하지 않고, 피하지 않고 자신들의 그 본능적 뜻을, 태생적 가치를 최대한 알리려고 하는 데 있다. 그것을 보고 안 보고, 그 뜻을 알고 모르고는 보는 사람들의 몫이다. 그렇게 산천초목들은 후회 없이 제 할 일에 최선을 다하고 있기 때문에 가을이 더 아름다운 것이다.

이제 비도 그치고 네게 쓰는 편지의 펜을 놓을 때가 되었구나. 더 이상은 얘기할 수 없는 그때가 왔구나. 이 펜을 놓으려니 왜 자꾸 너와의 인연이, 잘해 주지 못한 후회의 연민이 밀려오는지 모르겠구나. 안타까움만 깊어지는지 모르겠구나.

　마지막으로 정말 그간 네게 못했던 한마디만 하겠다. 평생을 가슴에 담아 온 그 한마디만 하겠다. 너는 잘 못 느낀 그 한마디만 하겠다. 사실, 그동안, 살아가던 그동안, 눈물나도록 너를 사랑했다. 가을 산천의 붉은 꽃처럼 사랑했다. 나의 사랑하는 딸아.

우리가 정말 사랑했다면 2

지금 내가 앉아 있는 이곳에서
너를 바라보고 있는 그곳까지
그 사이
마치 닿을 수 없을 것만 같은
무한의 거리 사이처럼
너를 보는 시선의 깊이만큼
점점 멀어지는 그 사이

사랑이란
무한히 가까워진다고 생각할수록
계속해서 점점 멀어지고 있는
기이한 현상을 겪는 것
그 시공간을
삶이라 규정하고 사는 것
사실은,
잘 모르기 때문에
그렇다고,
그런 거라 믿고 사는 것

그리고

생각하지 않고
의심하지 않는 것

이기적인

미치도록 사랑하다 헤어지면
병이 되고
너무 미워하다 헤어지면
상처가 되는
난 그 아픔이 두렵고
너의 그 긴 그림자가 싫어서
너를 보낼 수 없어
그것이
가슴속 깊이라도
항상 너를 넣어 두는 이유
혹시 못 보더라도
너를 절대 잊지 못하는 이유
너에 대한
무한의 사랑이라기보다
사실은
나를 위한
끊임없는 애착
그 슬프고 바보 같은 사랑

할머니 꽃 마트

울긋불긋 꽃다발
특히나 붉고 노란 그리고 정말 순백의
고요함으로 가득한 그 꽃집은
그 꽃보다 더 다양한 색으로
얼굴 붉게 살다 간 사람들을 위한
마지막 사죄
또는 뒤늦은 후회의 얇은 면죄부
아름답지도 설레지도 않는
슬프고 우울한
이상한 꽃집
희망과 기대의 사랑스러움보다
항상 아쉬운 그림자만 남아 있는
고요하고 음울한 꽃집
할머니는 이미 예전에
하얀 카네이션으로 시들어 버린
할머니 없는
납골당 입구 오십 미터 전
울긋불긋 꽃 대궐
할머니 꽃 마트

일

그대
살다 보면 그럴 수 있는 일
배려와 위안이 아니더라도
살아가면서
너를 위해 기꺼이 할 수 있는 일

그대
등거리의 공전궤도로
살아가면서
꼭 있어야 하는 일
의무와 책임이 아니더라도
너의 앞에 나타나야 하는 일

그대
골이 깊은 계곡이어서
편치 않은 잰걸음일지라도
굳이 이해와 용서로 마주 보지 않아도
너 때문에 해야 하는 일

또한 그대

진저리 나는 일상을
틀에 박힌 감사의 기쁨으로
살아가더라도
너이기에 조건 없이 해야 하는 일

그래서 그대
가슴이 울렁이는 그대가 있는
이 세상을 사랑하는 일

잊지 말아야 할 그대
나의 사랑하는 그대
지금 해야 할 일은
당신의 깊이만큼
그대를 사랑해야 하는 일

지금이 바로 문득 당신이 그리운 때

멀리 있는 당신이 가끔은 그립기도 합니다
아직도 그 자리에 그대로 있는지 늘 궁금합니다
꼭 계절이 변해야 당신이 생각나는 것은 아닙니다
사실, 봄은 봄대로 또 여름은 여름대로, 지금은 지금대로
그렇게 계절은 각각의 그 향기대로
당신의 모습을 그리곤 했습니다

더 이상 멀리 가지 않았으면 좋겠습니다
점점 멀어지는 당신의 모습을 보고 싶지는 않습니다
당신과 함께하던 그날이 다시 돌아오진 않을 거 같습니다만
전 그래도 그날의 당신을 계속 생각하고 있습니다

그저 바람만 가득했던 하늘이었습니다
당신의 먼 목소리가 들리는 듯
바람결에 간혹 슬픈 메아리가 울리기도 했습니다
무척이나 긴 듯한 시간이었습니다
떠나간 당신을, 멀리 있는 당신을
그리워하는
정말 오랜 시간이었습니다

>

날이 좀 풀리면 당신의 안부를 물으며

당신이 아직도 지키고 있는 그 자리로 한번 가 볼 생각

입니다

그날이 곧 오리라 믿습니다

지금이 바로 문득 당신이 그리운 때

평온당 3층

엘리베이터로 3층에서 내려
눈을 돌려 왼쪽으로부터
기둥 같은 벽면을 세면
하나 둘 셋 세다 일곱 여덟 번째 기둥에서
왼쪽으로 돌아
다시 하나 둘 그리고 다섯 번째 기둥 벽면에서
왼편 유리 함 가득한 곳
신축 아파트처럼 가지런히 늘어선
그 납골함들 중
오른쪽으로부터 아홉 번째 칸
위로부터 네 번째 줄
운도 좋게
시선을 마주하기 가장 좋은 위치에
영원한 안식의 번호 3-09152에
아버지가 계신다

번호 하나 외우지 못하고
칸들을 세며
기둥들을 세며
이리 기웃 저리 기웃

남의 집 엿보듯이
오랜만에 겸연쩍어
머리만 긁적긁적

제3부 우리 모두는 사실 다 같아

굳은살

그래,
그것은 굳은살이 붙는 것이라 생각하자
거친 땅을, 마른 풀잎들 사이를
음습한 웅덩이 사이를 맨발로 걷다가
이제 점점 굳어진 살이 차오르는 것이라 생각하자
아직은 돌바닥 쭉정이 흩뿌려진
그곳을 걷다 보면
상처 난 발바닥을 보다 보면
베이고 파인 덜 굳은 발바닥을 어루만지다 보면
언젠간 한때의 아픔이라 기억하고
환히 웃을 수 있다 생각하자
꼭 오리라 믿자
그날은 꼭 오리라 확신하자
그때 자유로운 맨발을 위해
지금 파이고 아픈
굳은살이 붙는 것이라 생각하자
그렇게 큰 숨 깊게 들이쉬고
이제 저 산 저 봉우리만 바라보자
마침내 올라 잠시 쉬어 갈 그 봉우리를 생각하자

그 흔한 간이역

메마른 서정으로
정말 간이역에 다녀왔습니다
사람들이 맨날
성긴 눈발이 어쩌구
쓸쓸한 추억이 어쩌구 하는 그
지금은 몇 개 남아 있지도 않은 그
눈발도 추억도 그 흔한 외로움도 없는
고요하게 그저 하루 세 번
습관처럼 열차가 선다는

별것 없는 그곳을 다녀왔습니다
뭐가 있나 싶어서
왜들 간이역을 외치나 알고 싶어서

더 어두워지기 전에 떠나기로 했습니다
어둑해져 떠나는 길이
뒤돌아본 그 길이
약간 초라했고 조금 무서웠을 뿐입니다
돌아오는 길은
이상하게 유달리 길었습니다

기도 2

시간이 지날수록
참선과 기도와 묵상의 차이는 없었다
무엇인가를 바라지 않는 한
같은 느낌의 것들에 대해
그 변별력을 위해
그 개념의 차이를 위해
그 행동의 분별을 위해
하나의 행동에
하나의 그 무엇인가를 바랐다
간절하게 바랐다
제발 그가 되지 말라고
바라옵고 원하옵건대
정말
그들의 그 모습들을
더 이상 보지 않게 해 달라고
내 구원의 바람만큼이나
절실히 원했다
기도했다

긍정의 힘

연탄불로 납을 끓이며 목걸이를 땜질하다가
고무 공장으로
시계 공장으로

전태일이 아니어도
국민학교만 마치고 공장에서 일하던
사람들이 종종 있었던 때

어두운 별빛 아래
차가운 야근 뒤의 귀갓길엔
그래도 공기는 맑던 한겨울 그때

이념과 철학이 있어서는 아니다
남들처럼
고깃근이나 끊어 먹고 싶어서
밀리지 않고 월급이나 좀 챙기고 싶어서
그저 생존의 문제였다
죽지 않고 꼭 살고 싶어서였다
밀치고 쓸려 지냈다
발끝으로 버티며

언젠간 된다고 했다고
그 말을 믿는 일 외에는 방법이 없었다고

끝내
일어섰다
생각해 보면 그리 오래되지 않은
박정희 시대 말년의 이야기다
아직도 꾸역꾸역 죽어라 살고 있는 그의 이야기다

김수환

한때 노란 물 들인 머리 휘날리던
영등포공고를 나왔다며
머리를 긁적이던
축구를 했다며 굵은 장딴지를
툭툭 치며 쑥스럽게 웃던
올해 아들이
상상고에 진학했다며 뿌듯해하던
디자인도 하고
공사 감독도 하고
가끔
노가다도 하고
닥치는 대로 다 하는
살아남기 위해 다 해야 하는
외꺼풀 작은 눈
착한 수환이
항상 낮은 데로 임하시는
갑 을 병 정 무 기 경 신
그 사이 어디쯤 멀리 돌고 있는
마음 착한 김수환
쪼다 같은 김수환

이제는 어엿한
업체 사장님 김수환

눈치*

눈보다 바람이 앞서
겨울을 몰고 올 즈음
바람 차가운 속초 대포항
이리저리 불판 위를 구르는
눈치를 먹는다
어떤 일이든
성공이 백이면 눈치가 구십이라며
뜨거운 석쇠 위
기름 자르르한 눈치를
눈치껏 먹는다
김 선장은 판단력이라 하고
절름발이 이 씨 아저씨는
사태 파악 능력이라 했지만
결국 그것은
강한 것에 대한,
섬뜩한 것에 대한,
그리고 위험한 것에 대한
원초적인 회피 기제
그 차가운 바람 부는 자리
살얼음 소주 한 잔에

잘 익은 눈치 한 점
나는
불문율과 같은 이 합의에 이의를 제기하며
올곧다는 듯이
당당하게
눈치 없이 눈치를 연속해서 먹었다
그냥,
맘 편하게 살고 싶어서
원하는 만큼 먹고 싶어서

* 눈치: 정어리의 강원도 방언.

베이커리 옥토버

시월이 되면 좀 나아질까
가을 바람이 불면
그때가 오면
사람들은 그 김에 빵을 더 사 먹을까
몇 종류 되지 않는 빵을 늘어놓고
진천리 삼거리 슈퍼처럼
초라한 진열대 위
못생긴 빵 몇 덩어리
그래도 오늘 만들어 오늘 다 팔았다
누구도 별 관심 없는 유기농 재료로 만들어 팔았다
삼십만 원을 판 즐거운 오늘 하루
다행이다
이번 달은 월세는 낼 수 있겠다

부부는 때론 지치기도 하지

가끔 힘이 들 때
한숨을 쉬지 말고
하늘을 멍하니 바라보지 말고
다른 생각 하지 말고
그때처럼
아름답고 기쁨이었던
그때만 생각하기로 하자
1호선 종로 5가 지하철역에서
너는 1호선 막차를 타고 의정부로
나는 573번 좌석 버스를 타고
동부읍 신장리로
항상 그렇게 헤어지던 그날처럼
간혹 더 멀리 헤어지던 날들도
어색하지 않고
불안하지 않던
그렇게 아주 오래전 기억만
선명히 기억하자
그렇게 따뜻한 기억만
가슴에 담아 두자
당신은 슬프지 않고
난 외롭지 않게

윤재

얼마 안 지난
4월이라 했다
그녀는 봄바람으로 언니를 보냈다 했고
난 그것은 안식일 거라 했다

그날은 장맛비가
눈을 가리고
검은 구름이
정말 낮게
아주 낮게
내려앉아
하늘과 땅이 맞닿은
그런 한낮의 오후였고
그녀는 그것을 우울한 회한이라 했다

전화기 넘어
숨소리 반 울음소리 반은
남편도 새끼도 없이 혼자 살던
사람을 홀로 보냈다 했고
난 문득
홀로라서 외롭냐 물었다

그날
그 외로움이 하늘에 닿을 즈음
국지성 호우는 잠시
해를 드러냈다
곧 또다시 내릴 장대비를
대신해
그간
고마웠다
미안했다
보고 싶다
그리고
진심 사랑했다

라며
다시 구름 사이로
보냈다
아니
깊은 안식에 들어갔다

생일, 삼백육십오 일 중 어느 하루

봉수 생일 이틀 뒤
승용이 생일 사흘 전이면
어김없이 오는 내 생일
또 벌써 한 해가 지나고
그렇게 눈 깜박할 사이
새털 같지만은 않은 날들이
지났나 보다
이제 생일에
의미를 부여하는 것도
축하를 주고받는 것도
지친 때
그럼, 몇 번이나 남은 것일까
아니, 이번은 몇 번째 생일까
득도가 필요한 날
아라한이라도 되고 싶은 날
고개를 갸웃거리며
식은 미역국을
의식처럼 먹는다

영순 할머니

뜨거워서 우야노 우야노
평소 입던 몸뻬 바지 던져두고
손녀 제상祭床에 나름 검은 치마 입은
영순 할머니
할머니보다 먼저 간
영순이 관을 붙잡고 울며불며
애비 애미는 없고
할미만 남아 숨이 꺽꺽 넘어가고
다시 일어나라 일어나라
나사로처럼
쓰러져 잠시 누워 있다가 다시 일어나라
늙은 풀처럼
꺾였어도 일어나거라
잡초처럼
다시 일어나거라

아내의 설법

난
나쁜 놈, 좋은 놈이라 했고
아내는
그런 사람, 저런 사람이 있는 것이라 했다
나와는 다른 그러저러한 사람
그 오랜 고생 끝에 아내는
달관達觀에 이른 것일까
정의正義를 잃은 것일까
말없이
달그락달그락
뽀드득뽀드득
유난히 깔끔하게 그릇을 닦는
아내는 지금 이 시간도 수행 중인가
아니면
이미 뻔히 알고 있는
식상한 얘기들에 대해
안 봐도 너무 잘 알고 있는
구태舊態들에 대해
단지
'더'와 '덜'의

그 깊고 오묘한 차이들을
깨우치고 있는 중인가

어느 순수한 아침

입 속 깊숙이
칫솔을 욱여넣는 아침.
헛구역질을 하며
모든 것을 토해 내고
정말 정갈하고 싶은 아침.

굴종의 밤을 지낸 날일수록,
어쩔 수 없었다 스스로를 위로하여도
비굴한 날이 많을수록
더욱 정갈해지고 싶어
눈을 크게 뜨며
분명해지고 싶은 아침.

그럴수록 선명해지는 의지로
아침은 시작되고
저녁이 되면 항상 그렇듯 그렇게.

그렇게
또 그렇게 정갈한 다짐의 아침은,
순수한 눈빛의 아침은

시작되고
시작되니
시작되어야 하므로
시작되었으므로

우리도 그렇게 아름다울 수 있을까

어차피 꼬부라진 허리는 마찬가지
잰걸음으로
종종종종
마주 잡은 두 손을 절대 놓지 않는다
이미 환자와 보호자의 구분은 무의미한 때
어지러운 병원을 바쁘게 바쁘게
다시 종종걸음으로
바쁜 걸음만큼 멀리 가지는 못한다
그래도 또 급한 듯
종종종종
눈물이 나는 걸음들로
비틀비틀
빼뚤빼뚤
꼭 잡은 두 손을 놓지 않고 간다
금세 올 것만 같은 이별을
그렇게 준비한다

유언 3
—아들에게

바람이 부는 이 저녁에, 이 저녁도 얼마 남지 않은 이 시간에 홀로 앉아 조용히 너를 생각하며 내 아들이기에 꼭 해 주었으면 하는 마음에서 적는다.

내가 젊었을 때, 아들을 낳아 내 나이가 되면 꼭 정희성 시인의 「아버님 말씀」이란 시를 들려주리라 다짐했었는데, 그때 내가 네 나이일 때 이 시가 나를 대변하는 것이라 생각했는데, 그리고 지금도 이 땅의 아버지들이 다 그럴 거라 생각했는데, 그럼에도 불구하고 아들아, 너에게 항상 편하게만 살라고 얘기한 내가 부끄럽구나. 진정 행복하고 건강한 삶이 무엇인지 몰라 자식에게 제대로 알려 주지 못한 이 아비가 정말 부끄럽구나. 황혼이 지는 이 저녁, 유난히 손이 떨리는 이 어둠 속에서 젊어서 네게 얘기 못한 한마디를 꼭 하고 싶구나.

아들아. 열심히 살고 있는 내 아들아. 부끄럼 없이 살아 다오. 훗날 네가 남길 유언에 부끄러움이란 말이 없도록, 후회란 말이 남지 않도록 살았으면 좋겠구나. 사랑하는 아들아. 내 아버지가 그랬듯 나도 제대로 못했지만 너에게 염치없이 바란다. 부담스럽게 얘기한다.

정말 정의롭고 부끄럼 없이 살아 다오. 가난을 두려워하지 말아 다오. 불의를 용서하지 말아 다오. 항상 맑고 떳떳

하게 살아 다오. 주님 앞이 아니라 네 자신 앞에 당당하게 살아 다오. 거친 맞바람이라 두려워하지 말고 끝끝내 손을 들어 외치는 자랑스러운 아들로 남아 다오.

　지금도 시간은 가고 있고 이제 얼마 안 남은 시간조차 점점 짧아지고 있구나. 좀 더 많은 것을, 좀 더 좋고 편한 것만을 아들에게 남겨 주고 싶은 것 또한 자식을 두고 떠나는 아비의 본성이겠지만 그러지 못해 미안하구나. 그러면서 편하게 살라고만 한 내가 너무 부끄럽구나. 그렇지만 이것 하나만은 기억해 다오. 이 아비가 지금, 다시 돌아오지 않을 이 가을에 네게 이런 말을 하는 이유는, 어렵게 입을 떼어 고백하고 있는 이유는 가난해서도, 못 배워서도, 불행해서도 아니다. 살아오면서 불편하고 옳지 않은 거짓과 타협해 오고 진실을 애써 외면해 왔기에, 그러면서 얻은 이나마의 부와 안식에 만족해 왔기에 그 자랑스럽지 못한 지난날을, 당당하지 못했던 어제의 일들을 네게는 꼭 고백하고 싶어서이다. 너는 나와 같지 않았으면 하는 마음에서 하는 얘기다. 잘 먹고 잘 살란 말을 하지 못해 미안하구나. 편안하게 누리면서 살란 말을 하지 못해 정말 미안하구나.

　지금 집 앞 샛강으로 흐르는 물소리가 다시 거세지는구나. 너는 지금 어디를 바라보고 있느냐. 무엇을 생각하고 있느냐.

　아들아, 사랑하는 아들아. 굳건하게 서 있는 내 아들아.

　바람이 부는 이 가을에, 어둠이 내리는 이 밤에

　안녕.

장수보쌈

그래도 왠지 인심은 후할 것 같다고 착각하는
욕쟁이 할머니는 아니었고
그냥 뱃살이 늘어진 초로의 할머니가
뒤뚱거리며 주방으로 테이블로 홀로 휘젓고 다니는 곳
이제는 그곳이 무엇이었는지 기억마저 아련한
을지로 미군 보급기지창
붉은 철문 옆 옆 건물
지금도 있는 장수보쌈집

할머니는 떠나고
또 다른 할머니 모양 아줌마가 너스레를 떠는 곳
가게도 늙고
주인도 늙고
손님들도 늙고
그새 시간만 가고
모든 것이 그대로 멈춘 곳
맛은 그대로라며
무조건 현금만 받는 것도 그대로이고

유난히 어둠은 일찍 찾아오고 금세 적막해지는 동네

을지로 5가 외딴섬

장수보쌈

인과관계

너무 많이 먹었어

너무 편히 지냈어

그렇게

너무 풍요로웠어

그걸 위해서

너무 많이 파괴했어

너무 더워졌어

우리 이제 곧 죽을 거야

너무 탐욕스러웠어

잘 알면서도 못 멈췄어

미안해

나무들아 꽃들아 숲들아

모든 생명들아

제4부 그대들도 잠시 잊고 있다

거울 없는 집에 사는 사람들의 라이프 스타일

그래,
조용한 걸 원하는가
원만한 걸 원하는가
혹시
싸움 없는 평온을 원하는가
부드러운 눈길을 원하는가
이제부터는
애정 어린 말투를 원하는가
배려나 예우를 원하는가
지난날을 훌훌 털어 버리길 원하는가
정말 원하는가
그렇다면,
이제부터 분노하기로 했다
오래 묵은 욕지기를 게워 내며
청량한 미움만 주기로 했다
그 순수한 미움만

잊지 않기로 했다

고깃국에 이밥이 곧 지상낙원이었는데

그해
오월이 오면
또다시
이팝나무 가지들에
하얀 이밥들이 한가득

의주군 송장면 깡촌에서
어려서 한참을 배곯았다던 아버지가 봤으면
너무도 배부르다 했을 하얀 이팝꽃들

가지가지에 밥알들이 한 주먹씩
배고픈 사람들이여 오라
혹시 굶고 있는 아이들이 있다면
어서들 오라
부끄러워 말고 오라
주저 없이 오라
이 이팝꽃들이 아름다운 것은
하얀 꽃 순수와 고결 때문이 아니라
너희들 배고픔을 위로해 줄
그 슬픔의 고된 역사와 눈물을 오롯이 담고 있기 때문

이다

　그 노동 같고, 곳간 같은 이팝나무가
　바람에 흔들린다
　그 귀하고 하얀 쌀알들이 날아간다
　아까운 쌀 꽃잎들이 진다
　어두워지면 더 윤기 나는
　하얗고 고운 쌀알들이
　밤새 떨어진다

내가 신이다

확신은 언제나 무조건적인 행동을 낳는다
나이를 먹을수록 신념은 더욱 확고해지고
시선은 더욱 강건해지며
의식은 점점 전지전능해진다

판단은 오로지 내 자유의지에 맡기고
행동은 거칠 것이 없다

많은 것을 알고 있음으로
더 많은 것에 쓴맛을 봤음으로
더욱더 높은 곳에서 추락해 봤음으로
이 경험을 통해 얻은 지금의 지혜는 항상 옳다

경험이 깊어질수록 내 안의 신성은 인성을 압도한다

세상의 옳고 그름을 정하는 것은 나
신이 인간으로 현현顯現했으니,
그것은 바로 나

\>

나는 점점 신이 되어 간다

그 누구도 범접할 수 없는 절대 신이 되어 간다

동전의 기하학적 특성과 철학적 가치에 대하여

공리 1: 동전에는 반드시 양면이 있다
똑같은 양면이 아니라면 그것은 이미 동전이 아니다

항상 동전을 원하면서
한쪽 단면만을 바라던 때
애써 다른 면은 없다고 고개 돌렸던 때
동전이 동전다움을 위해 꼭 필요한
양면의 균등한 가치
내가 잊고 있었던,
무시하고 있었던,
인정하지 않았던,
이미 존재해 있던,
반드시 있어야 했던
또 다른 한쪽의 면

공리 2: 동전 던지기는 양면이 있어야 할 수 있다
그래야 운을 기대할 수 있다

단면의 동전은 도형적으로 불가능하다는 것을 깨달았다

아주 오랜, 여러 경험들을

더하고 꿰매고 붙이고 자르고 해서 마침내 깨달았다

그 공리의 평범함을

그 단순한 특성을

그 기하학적 진실을

그 기초적인 진리를 말이다

득도

누구나
예외 없이
열심히
살다
웃다
잠시 행복하다
슬프다
눈물 짓다
다시 일어서다
실망하다
또다시
그래도 믿으며
끝까지 버티다

결국
늙다
죽다
열외 없이
아 정말
예외 없이

너무도 공평하게
참으로 균등하게

깨닫는다
꼭 다 와서야
그렇게

기도 3

하나님 아버지
저의 기도를 꼭 들어주실 것을 믿습니다
요즘 회사가 많이 어렵습니다
혹시 구조 조정이 있더라도 저는 잘리지 않도록 하여 주시옵소서
또 며칠 전 분양 받은 집값이 꼭 많이 올라서
더 큰 집으로 빨리 이사 갈 수 있도록 도와주시옵소서
그리고 우리 첫째 아이 공부 더 열심히 해서
꼭 서울대에 갈 수 있도록 능력을 더해 주시옵고
또한 지금 아내가 진행 중인
주식 투자 절대 손실 없이 큰 수익을 내서
올해는 꼭 차를 벤츠로 바꿀 수 있도록 운을 주시옵소서
마지막으로 바라옵기는
우리 가족 모두 건강하고 무탈하게
살 수 있도록 복을 내려 주시옵소서
감사 헌금 많이 할 수 있도록
감사함을 꼭 풍족하게 내려 주실 것을 믿사오며
거룩하신 예수님의 이름으로 기도하옵나이다
아멘

바로 그것

세상의 절대 기준은
단 하나
행복 안 행복
혹시
다른 것을 생각하고 있다면
잊으라
그리고 생각하라
행복 안 행복

그 죽지 않기 위한
불멸의 기준
선택 없는
단 하나의 기준

실존의 증명

오늘도
내가 살았는지 죽었는지

잊히지 않고
아직 내가 있는지

그대들의 품 안에, 기억 안에
날이 가고 달이 지고
비가 오나 눈이 내리나

문밖 덜그럭덜그럭
건들거리는 바람들과 상관없이
언제나 그곳에 내가 있음을

꼭 잊지 말길
불안해하는 우리
서로의 손을 놓지 말길

투 비 오어 낫 투 비
댓 이즈 에스 앤 에스

어떤 날

그날은,
무척 가슴이 아픈 하루였으므로
너무도 슬퍼서 머리가 아픈 하루였으므로
눈을 들어 하늘을 보기 어려운 날이었으므로
끝도 없는 경쟁에 지쳐 힘든 날이었으므로
문득 낙오자의 얼굴을 거울로 본 날이었으므로
깊은 한숨이 끝내 치미는 분노로
얼굴을 달구던 날이었으므로
괜히 그 지난 과거가 부끄럽고
없을지도 모를 미래가 걱정되던 날이었으므로
모든 얘기가 부동산으로 시작해
부동산으로 끝난 날이었으므로

연기緣起 1

그냥 먹을 수 없게 되면
찌개로 만든다
그냥 먹어 맛있는 상태를
찌개로 만들면 맛이 없다
살아서 다시 죽어서
끊임없이 모든 것을 내어 주는 것과 같다
한 생을 다해도 그다음 생에
단지 용도와 모양이 변경되는 것일 뿐
항상 고맙다
나도 다음 생에는 김치로 태어나고 싶다
아니면
숯으로

정의定義

학교 다닐 때
교수님은
소설이란
있을 법한 거짓말이라 했다
요즘엔 소설책이 잘 안 팔린다고 했다
거짓말 같은 얘기가 사실이 되어
현실에 나타나는 때
있을 법한 거짓말 얘기가
눈에나 차겠나 싶은 생각이 들었다
그래서 난
거꾸로
없을 법한 진짜를 쓰기로 했다

그리고
그걸
시라고 부르기로 했다

할머니 심부름

나 어릴 적
우리 할머니 심부름할 적에

애야
가게 가서 린징하고 다마네기 좀 사와라
가에당 내려갈 때 조심하고
아니, 더운데 소데나시나 입지 웬 우와기를 걸쳤니
에구 쯧쯧 그 쓰봉이 구겨졌구나
참 너 혹시 쓰메끼리 어디 뒀는지 아니?
그리고 올 때 꼭 꽁치 간즈메도 같이 사 오너라
너 와리바시같이 너무 말랐구나
어릴 땐 잘 먹어야 한단다

우정 쓰는 말이 아니다
너무도 자연스러운 단어들
할머니의 깊은 주름 같은 말들
지금까지 다시 들을 수 없었던 오래 묵은 아픔
애써 외면하며 숨기고 싶어 했던 통증 없는 아픔
그리고 소리 없는 암살자
문득 구십구 세에 돌아가신 할머니를 생각나게 하는 일

\>

그가 나타났다
할머니의 영혼이 환생했다
판사로 부활했다

* 서울중앙지법 민사합의 34부 김양호 재판장은 2021년 6월 7일 일제
  강점기 강제징용 피해자들이 일본 기업을 상대로 낸 손해배상 소송
  판결에서 각하 판결을 냈다.

죽음의 3원칙

누구나 죽는다
어차피 죽는다
언젠간 죽는다
그리고
누구에게나 공포스럽다

그래서
사람 앞에 죽음은 가장 공평하다

그러니
그 전에는
그냥
살면 된다

우려하지 말고
두려워하지 말고
걱정하지 말고
오늘 하루
살면 된다

>

세상에 하나쯤은

공평과 평등이 있다고 생각하면 된다

지금, 어디에 있는가

강강약약
강약약강
강강약강
강약약약
나는 첫 번째라고 생각하고
나를 두 번째라고 얘기하고
내가 세 번째일 때도 있었는지 몰라도
나는 지금 네 번째가 분명해

패트리어트 게임

입술을 굳게 다문다
그리고 강건해진다
점점 애국자가 되어 간다
다들 그렇게 애국자로 산다
그런 소신을 가지고 산다
그러다 죽는다
돌아가신 우리 아버지처럼
열아홉 혈혈단신 인민군으로 와
국방군으로 살다가
개처럼 고생만 하셨다는 우리 아버지처럼

하도급 사회

일은 아래로 아래로

권한은 위로 또 위로

물은 항상 아래로 아래로

그을음은 계속해서 위로 위로

말 그대로 원청(原/元請)은 아래로 아래로 요구하고 바라고

하청下請은 항상 꼭대기에게 청하고 바라고 기다리고

그렇게 세상은 자연처럼 살아가고 있는가

아래에는 크고 넓고 모든 것이 모인 곳

더럽고 힘들고 복잡한 그 모든 것이 모인 곳

마음을 담아 꿈을 담아

애써 스스로를 위로한다

대국은 하류에 있다*

모든 것을 품는 대국은 상류에 있을 수 없다

상류는 지천일 뿐이다

둘 다 가질 순 없다

선택은 너의 몫이다

하청업자는 점점 대국이 되어 간다

본의 아니게 큰 그릇이 되어 간다

* 노자의 『도덕경』 제61장에 나오는 문장 차용. 대국자하류大國者下流,
큰 나라는 하류와 같다.

이 서럽고 아름다운 세상에서, 시인이여

이승하(시인, 중앙대 교수)

2021년에 첫 시집을 낸 박찬호 시인이 300편이 넘는 시를 보내왔다. 저수지의 물꼬를 연 정도가 아니라 댐의 수문을 열었다고 표현해야 맞을 것이다. 시가 봇물 터지듯이 솟구쳐 나오기 시작했다. 문예창작학과를 나왔지만 시를 썼던 때는 대학 시절로 끝났고 광고 회사 CEO의 길을 걸어가게 되었다. 미국과 유럽의 주요 도시들과 중동 두바이를 안방 드나들듯이 드나들며 국제적인 광고 회사로 키워 가고 있던 그에게 두 가지의 시련이 차례로 닥쳤다.

하나는 병마였다, 비강 내의 기형암 육종, 피부에 나는 악성 흑색종 등 3종의 암이 한꺼번에 닥쳤다. 1차 항암 치료, 2차 항암 치료, 방사선 치료, 항암제 링거……. 그 뒤에도 몇 번 더 병마가 덮쳤다. 어디를 잘라내고 어디를 치료하고……. 지난 몇 년 동안 그는 병원과 회사를 오가는 치열한 투병의 나날을 보내야 했다. 또 한 가지 시련은 코로나19 바이러스가 초래한 팬데믹 상황이었다, 생산자와 소비자 사이에 광고인이 있는데 국제회의도 줌으로 하게 되었다. 당연히 국제 무역 박람회, 신상품 전시회, 매장 관리, 바이어들과의 회의가 중단되었다. 회사의 규모가 축소되는 현실이 가슴 아픈데 졸지에 투병의 나날을 보내게 되었다. 수술, 검사, 약 복용, 조심, 안정의 과정에서 박찬호는 등단을 했고 제1시집 『꼭 온다고 했던 그날』을 펴냈다. 그 뒤로도 그는 죽어라 하고 썼고 이제 제2시집을 준비하고 있다.

만약에 병이 찾아오지 않았다면 사업체를 키울 생각에 골몰했을 것이다. 게다가 팬데믹 상황이니 현실을 타개할 돌파구를 찾으려 동분서주했을 것이다. 아아 다 부질없다. 건강을 잃으면 아무것도 소용없다. 더 많은 수익 창출이 소망이 된 것이 아니라 시에 대한 열망으로 잠을 이루지 못하는 밤을 보내게 되었다. 시집 해설자는 이 시집의 독자에게 길 안내를 잘 하면 되는데, 한 영혼의 부르짖음 앞에서 말문을 어떻게 열어야 할지 막막하다.

너무 선정적이지

그 빨간색은

그 선명한 노선은 더욱 그렇지

그 어떤 담배에도 뒤지지 않고

가장 강력하고 분명한 맛과 향

어차피 비슷한 죽음이라면

이왕이면

분명하게

내가 죽음을 향해

분명한 의지를 가지고

후회 없이

달리고 있다는 것을

확실하게 알 수 있도록

누구나 볼 수 있도록

—「빨간 말보로」 전문

　말보로 담배의 케이스는 전통적으로 빨간색이다. 선정적이고 색정적이다. 시인은 말보로 담배 케이스를 보고 엉뚱하게도 죽음을 생각한다. 말보로 담배는 "가장 강력하고 분명한 맛과 향"을 갖고 있어서 어차피 비슷한 죽음이라면 "분명하게/ 내가 죽음을 향해/ 분명한 의지를 가지고/ 후회 없이/ 달리고 있다는 것을/ 확실하게 알 수 있도록/ 누구나 볼 수 있도록" 하고 싶다고 다짐하고 있다. 이 시를 제일 앞머리에 넣은 것도 의미심장하고 시의 내용도 비장하다. 말보로 담배 케이스가 갖고 있는 이미지에 편승하여 화끈하게 불사를 생의 의미를 짚어 본 것이다. 때로는 기도를 드리기도 하고 기도하는 마음으로 소망하기도 한다. 건강한 생명을. 무병 무탈한 일상생활을.

그 간절함은 이 새벽 어둠을 열고

예수님이든, 서낭신이든

능력이 닿는 누구든

도울 수 있다면 그 누구든

구원의 손길을 내려 주길

내 아픈 어제를 어루만져 주길

내 불안한 오늘을 감싸 주길

—「기도 1」 부분

　배도 아파 본 사람이 복통의 고통을 안다. 화자는 체중이 줄어들어 "헐거워진 내복 틈을 비집고" 새벽 찬바람이 들어와 추위를 더욱 느낀다. 부활한 예수님이든 무속의 서낭신이든 내 아픈 어깨를 어루만져 주기를, 구원의 손길을 내려 주기를 간구한다. 건강을 되찾을 수 있다면 얼마나 좋으랴. 건강을 되찾기 위해 3개월에 한 번씩 가는 곳이 있다.

습관적으로

아니,

아주 오래된 믿음으로

기도와 같은 구원의 마음으로

병원을 다녀오는 길

3개월 치 한 꾸러미 약을 사고 돌아오는 길

…(중략)…

그렇게 네 번의 약봉지를 들면

또 일 년이 가고

그렇게 해는 가고

훌쩍훌쩍 가고

참 빨리도 가고

　　　　　　　　　　　—「약 타러 가는 길」 부분

　1년에 네 번 계절이 바뀌는 시점에 화자는 병원에 가서 검사를 받고 약을 타 온다. 2017년 12월 26일은 아마도 병 진단을 처음 받은 날이 아닌가 한다. 남은 시간을 계산기를 두드려 확인해 보는 심정을 해설자는 알 수 없다. 암 선고를 아직 받아 본 적이 없어서.

　정확하게

　2017년 12월 26일 오후 3시 20분 28초부터였어

　문득 얼마나 남았는지가 산술적으로 궁금해서였어

　팔십까지 살기를 기대하면서

　851,472,000초가 남았어

　지금 이후 108,000,000초를 썼지

　아니

　108,000,001,

108,000,002,

108,000,003초

유한한 시간을 가장 무한처럼 쓰고 있어

영원할 것처럼

—「시간은 계속해서 가고 있다」 전문

이 한 편의 시에 얼마나 간절한 바람이 들어 있는지 알 것도 같다. '80세까지 산다면?'이 시의 내용이 되었지만 실은 '80세까지 살기를!'이란 꿈이 담겨 있다. 우리 인간은 때가 되면 반드시 죽는 유기체이자 유한자이다. 단명하든 장수하든 저승길로 가지 않는 사람은 아무도 없다. 죽음에 대한 인식이나 명상은 이번 시집에서도 중요한 소재이자 주제다.

자외선은 먼 우주를 가로질러 내 몸에 닿는다

비타민 D의 생성과 뼈의 발달,

삶의 연장

자외선을 쐰다

건강한 삶을 위해

또한 피부암을 위해

하늘 아래 광합성은 피부로 파고든다

조금씩 조금씩

죽음을 위해

볕 좋은 가을 하늘 아래

자외선은 죽음과 또 다른 죽음의

선택을 강요하는 논리적 모순

—「어떻게 죽을까」 부분

자외선을 쐬어야 하나 쐬지 말아야 하나 고민하고 있다. 비타민 D의 생성이 뼈의 발달에 도움이 된다고 하는데 햇빛 노출은 피부암을 유발하는 원인이 되기도 하니 도대체 어떻게 해야 할 것인가. 자외선을 쐰다는 것은 비타민 D 부족에 따른 죽음과 피부암에 의한 또 다른 죽음의 원인이 되니 논리적으로 모순이다. 이런 일이 얼마나 많은가. 약은 사실은 독이다. 우리가 매일 먹는 음식에도 발암물질이 들어 있다. 색소, 식품첨가물, 잔류된 농약, 유전자 조작…… . 그런데 안 먹고 어떻게 살아갈 것인가. 배기가스를 겁내 운전을 하지 않는다면 세계는 올 스톱 될 것이다. 원자력발전소의 사고를 겁내 가동을 중단하면 도시의 야경부터 사라질 것이다. 문명은 자연을 파괴하지 않을 수 없으므로 인간이 이룩한 문명 자체가 모순이다. 시인은 이런 문제들에 둔감했는데 병을 앓고 보니 유심히, 아니, 골똘히 생각하게 된 것이다. 자신을 객관화하기도 한다. 우리는 주기적으로 장례식장에 가게 되는데(코로나 사태 이후 빈도가 낮아지기는 했다) 마지막 주인공은 자기 자신이 될 것이다.

오늘이 오지 않길 바랐지만

올 줄 알았습니다

많은 날

그대를 보내는 오늘을 연습했습니다

힘든 오늘을 오래전부터

연습해 왔습니다

이 오늘을

아픈 이 오늘을

이날을 위해 살아왔습니다

아직 그대가 있는 이날을 위해

그대가 떠나는 오늘을 위해

—「그날이 오면」 부분

화자가 누군가를 영결하고 있다. 아픈 가족을 먼 하늘나
라로 배웅하고 있다. 특히나 가족은 언젠가는 반드시 헤어
진다. 이별이 아니라 사별이다. 10년을 같이 살다 헤어질
수 있고 50년을 같이 살다 헤어질 수도 있다. 화자는 아내
에게 작별을 고하기도 한다. 유서를 세 통 쓰는데, 한 통은
아내에게, 한 통은 딸에게, 한 통은 아들에게 남기는 것이
다. 아내 앞으로 쓴 유서는 심금을 울린다. 이 시 앞에서 어
느 독자가 눈물짓지 않으랴.

당신은 모르겠지만 음…… 내게 남은 날이 좀 더 많았으
면 하는 때는 오로지 당신을 생각하는 그때야. 그날이 얼

마나 남아야 부족하지 않을까. 지금 시간이 많이 남지 않았
다는 것은, 우리들 이 슬픔이 곧 별이 될 날도 머지않았다
는 것은 빨리 눈물을 닦고 이제 서서히, 그리고 담대하게,
차분히 이 현실을 품어 안아야 한다는 얘기일 거야

—「유언 1」 부분

사별의 순간이 먼 훗날이 될지 올해 안이 될지 알 수 없
지만 화자는 아내에게 남기는 말을 미리 시로 쓴다. 이 시
의 독자는 화자가 아내를 얼마나 사랑했는지 알 수 있을 것
이다. 자신의 목숨이 경각에 다다랐을 때는 이런 유서도 쓰
지 못할 테니 미리 그 순간을 예상해서 쓴 것인데, 두 사람
부부 사이의 정이 애틋하여 가슴이 저릿한 비애를 느낄 것
이다.

이제 정말 그 시간이 오려나 봐. 내가 전에 당신 손을 꼭
잡고 얘기했던 그 시간. 내가 내 마음대로 할 수 없는 그 시
간이지만, 그래도 대범하게 맞고 싶어. 지금 이 시간, 얘기
를 할 수 있는 마지막 순간이야

—「유언 1」 부분

화자는 청자에게 앞당겨 얘기한다, 언젠가는 반드시 이
런 식으로 이별을 고할 거라고 예감하고서. 감정을 최대한
억누르고서 담담히 얘기하지만 화자의 마음이 얼마나 아픈

지, 비통한지, 짐작할 수는 있다. 「유언 2」는 딸에게, 「유언 3」은 아들에게 주는 것이다. 이번 시집의 최고 절창은 이 3편이 아닌가 한다.

어떤 것이든 중요치 않다. 누구의 얘기도 중요치 않다. 사람들의 시선 따위도 중요치 않다. 모든 것은 네게 달렸고 바로 그 중심에 네가 있다는 것이 가장 중요하다. 거칠 것 없이 살아라. 괜찮다. 옳은 것을 위해, 맞다고 생각되는 신념을 위해, 정말 하고 싶은 것을 위해 지금 일어나라. 밖으로 나가라. 주저하지 말고 소리 질러라. 그렇게 후회 없이 살아라. 그것이 이 아비가 이 시간에, 이즈음에 그간 너에게 하지 못했던 마지막 한마디이다. 꼭 행복했으면 하는 딸에게 바라는 비밀스러운 한마디이다.
—「유언 2」 부분

아버지가 딸에게 네 인생을 네 소신껏, 당당하게 살아가라고 당부하고 있다. 그야말로 유언이다. 마지막 당부를 이렇게 씩씩하게 하고 있지만 나중에는 "잘해 주지 못한 후회의 연민이 밀려"온다고 하고, "살아가던 그동안, 눈물 나도록 너를 사랑했다. 가을 산천의 붉은 꽃처럼 사랑했다"고 말한다. 감정이 메마른 해설자도 이런 시 앞에서는 눈물짓지 않을 수 없다. 아들에게도 부끄럼 없이 살아가라고 마지막 당부를 한다.

정말 정의롭고 부끄럼 없이 살아 다오. 가난을 두려워하

지 말아 다오. 불의를 용서하지 말아 다오. 항상 맑고 떳떳

하게 살아 다오. 주님 앞이 아니라 네 자신 앞에 당당하게

살아 다오. 거친 맞바람이라 두려워하지 말고 끝끝내 손을

들어 외치는 자랑스러운 아들로 남아 다오.

—「유언 3」 부분

이런 시편 앞에 옷깃을 여미지 않을 수 없는 것은 유언
이기 때문만은 아니다. 시인 자신이 지금까지 어떻게 살아
왔는지, 그의 삶의 태도가 이 시에 잘 나타나 있기 때문이
다. 본인의 사회생활이 한 점 부끄럼이 없었기 때문에 이
렇게 말할 수 있는 것이다. 그리고 이번 시집에서 유심히
보아야 할 시편은 아내와 엮어 온 사랑의 역사에 대한 것이
다. 세상의 남편들은 낯간지럽다고 이런 시를 안 쓰는데 시
인은 아무 거리낌 없이 쓰고 있다. 부럽다. 시인의 태도가.
두 사람 사이가.

당신이 좋아하는 노래를 같이 좋아해 주는 것

고요히 밤비가 내리는 것을 당신의 눈물이라 생각하는 것

사월에 눈 내리듯 지는 벚꽃 잎에 뜬금없이

당신 얼굴이 겹쳐 보이는 것

당신을 위해 기도를 하게 되고

그것 때문에 시름과 걱정도 조금씩 늘어나는 것

불안하지만 불안해하지 않는 것

믿음이라는 것을 믿는 것

당신도 나와 같을 거라는 확신을 갖는 것

그런

무조건적인 절대 공감을 보내는 그것

—「우리가 정말 사랑했다면 1」 전문

이런 시는 박찬호 시인이 아니면 쓸 수 없는 열렬한 사랑가가 아닐까. 부부는 일심동체라는 말이 있는데 딱 들어맞는다. 부부간의 사랑은 사랑한다고 말하는 것이 아니라 (물론 그런 식의 표현도 중요하겠지만) 이심전심이어야 함을 이 시는 말해준다.

사랑이란

무한히 가까워진다고 생각할수록

계속해서 점점 멀어지고 있는

기이한 현상을 겪는 것

그 시공간을

삶이라 규정하고 사는 것

사실은,

잘 모르기 때문에

그렇다고,

그런 거라 믿고 사는 것

—「우리가 정말 사랑했다면 2」 부분

진정한 사랑은 "그런 거라 믿고 사는 것"이며 "의심하지 않는 것"이어야 한다. 회의나 의심은 사랑을 파괴한다. 특히 혈연관계가 아닌 부부지간은 완전히 다른 환경에서 살다가 만나 가정을 이루었기에 믿음에 기초하지 않으면 그 관계가 언제라도 사상누각이 될 수 있다. 원수가 되는 경우도 왕왕 있다.

　　　원래 다 그런 거라 위안하며
　　　시간이 지나면 잊을 거라 생각하며
　　　그냥 스스로 감싸고
　　　스스로 용서하고
　　　스스로 이해하고
　　　상대가 있는 그 싸움은
　　　항상 혼자 희생하며
　　　갈무리한다 믿으며
　　　조금씩
　　　아주 조금씩
　　　쌓이고
　　　그러면서
　　　조금씩
　　　아주 조금씩
　　　멀어진다

　　　　　　　　　　　　　　　　　—「부부 싸움」 부분

부부는 오래 같이 있다 보면 서로 무덤덤해진다. 젊은 시절에야 아옹다옹 다투기도 하겠지만 머리카락이 희끗희끗해지면 스스로 감싸고, 스스로 용서하고, 스스로 이해하지 않으면 안 된다. 그래서 "어색하지 않고/ 불안하지 않던/ 그렇게 아주 오래전 기억만/ 선명히 기억하자"고, "그렇게 따뜻한 기억만/ 가슴에 담아 두자"(「부부는 때론 지치기도 하지」)고 다짐하기도 한다.

이번 시집에는 유독 사랑 이야기가 많은데 부부지간의 해로뿐만 아니라 연인 간의 애절한 사연이 있어 자신의 연애 시절을 회상한 게 아닌가 하는 생각이 든다. "너에 대한/ 무한의 사랑이라기보다/ 사실은/ 나를 위한/ 끊임없는 애착/ 그 슬프고 바보 같은 사랑"(「이기적인」)이라거나, "내가 유일하게 부르지 못하는 노래/ 내가 꼭 부르는 싶은/ 너를 향한 외침"(「세레나데」) 같은 구절도 사랑에 대한 정의가 아닐까.

> 멀리 있는 당신이 가끔은 그립기도 합니다
> 아직도 그 자리에 그대로 있는지 늘 궁금합니다
> 꼭 계절이 변해야 당신이 생각나는 것은 아닙니다
> 사실, 봄은 봄대로 또 여름은 여름대로, 지금은 지금대로
> 그렇게 계절은 각각의 그 향기대로
> 당신의 모습을 그리곤 했습니다
> 　　　　—「지금이 바로 문득 당신이 그리운 때」 부분

이 시의 대상이 누군지는 알 수 없지만 시인이 할 수 있는 일이 바로 누군가를 그리워하는 것이다. 죽은 사람도 산 사람도, 멀리 있는 사람도 가까이 있는 사람도 그리워할 수 있는 존재가 바로 시인이다. 그 특권이 시인에게 부여되어 있으니 마음껏 누리면 되는 법.

아버지에 대한 이야기도 몇 차례 한다. 북한 사람인 시인의 아버지는 열아홉 살 때 인민군으로 참전했지만 포로로 잡혔다 국방군으로 군복을 바꿔 입었다. 그리고 휴전협정이 체결되면서 남쪽에서 살게 된 실향민이다. 「긍정의 힘」에 나오는 "연탄불로 납을 끓이며 목걸이를 땜질하다가/ 고무 공장으로/ 시계 공장으로" 전전한 그는 시인의 친아버지가 아닐까 짐작해 본다. 자수성가형 인간의 표본인 아버지를 본받아서 오늘의 박찬호가 있게 된 것이 아니겠는가. 가장 훌륭한 가정교육은 본을 보여 주는 것이다. 삶의 표본을 보여 주는 것이다.

> 아버지 제 손을 꼭 잡으세요
> 그래, 천천히 가자
> 육십이 청년이 되어
> 팔십의 아버지를 꼭 잡고
> 잃어버리지 않도록,
> 잊어버리지 않도록
> 잡은 손 놓지 않고

흰 허리는 덜 흰 허리에 기대어

잰걸음으로 조심스럽게

                             —「데자뷔」부분

　이런 시에도 시인의 실제 아버지가 투영되어 있다고 여겨진다. 앞서 예로 든 시들이 부창부수의 사례였다면 이런 시는 부전자전임을 보여 준다. "의주군 송장면 깡촌에서/ 어려서 한참을 배곯았다던 아버지"에게 하얀 이팝꽃은 이밥을 연상시켰다.

이 이팝꽃들이 아름다운 것은

하얀 꽃 순수와 고결 때문이 아니라

너희들 배고픔을 위로해 줄

그 슬픔의 고된 역사와 눈물을 오롯이 담고 있기 때문이다

         —「고깃국에 이밥이 곧 지상낙원이었는데」부분

　아버지는 그래도 남에서 장가를 갔고 자식을 낳아 기르면서 한 생을 열심히 사신 것 같다. 그 아버지는 지금 어디에 계신가?

신축 아파트처럼 가지런히 늘어선

그 납골함들 중

오른쪽으로부터 아홉 번째 칸

위로부터 네 번째 줄

운도 좋게

시선을 마주하기 가장 좋은 위치에

영원한 안식의 번호 3−09152에

아버지가 계신다

—「평온당 3층」 부분

　한 명 인간의 종착지가 3−09152번인 것이다. 우리 중 이
런 운명의 쳇바퀴를 벗어날 수 있는 사람은 없다. 모두 다
때가 되면 가야 하는 곳이 황천 혹은 천국이다. 종교에 따라
지옥과 연옥을 제기하기도 하지만 아무튼 죽었다 다시 태어
난 사람은 예수뿐이었다. 불교에서는 사람이 죽으면 윤회
한다고 했지 다시 인간으로 태어난다고 하지는 않았다. 이
번 시집에는 99세에 돌아가신 할머니가 나오는데 구시대의
인물이라 별생각 없이 일본말을 마구마구 쓴다(「할머니 심부
름」). 반면 영순 할머니란 분은 손녀를 잃고 통곡한다. 비극
은 어디에나 있는 것이다.

뜨거워서 우야노 우야노

평소 입던 몸뻬 바지 던져두고

손녀 제상祭床에 나름 검은 치마 입은

영순 할머니

할머니보다 먼저 간

영순이 관을 붙잡고 울며불며

애비 애미는 없고

할미만 남아 숨이 꺽꺽 넘어가고

다시 일어나라 일어나라

나사로처럼

쓰러져 잠시 누워 있다가 다시 일어나라

늙은 풀처럼

꺾였어도 일어나거라

잡초처럼

다시 일어나거라

—「영순 할머니」 전문

내가 죽지 않고 왜 네가. 이 지상에 미만해 있는 것이 비극이다. 러시아의 크로아티아 침공도 끔찍한 비극이고 미얀마와 홍콩에서 민주화 운동이 좌절되는 과정도 끔찍한 비극이었다. 시인은 그런 비극을 예의 예리하게 파고들어 형상화하는 존재다. 그런데 시인의 관심사는 어떤 경우 가족사의 범주를 넘어선다. 생활인의 철학인 것이다.

초라한 진열대 위

못생긴 빵 몇 덩어리

그래도 오늘 만들어 오늘 다 팔았다

누구도 별 관심 없는 유기농 재료로 만들어 팔았다

삼십만 원을 판 즐거운 오늘 하루

다행이다

이번 달은 월세는 낼 수 있겠다

—「베이커리 옥토버」 부분

이른 아침

손발 노동을 얘기한 이를 생각하며

손발 노동의 의미를 잊지 않으며

핏기 어린 찬바람이 되어

난

손발 노동의 새벽 버스를 탄다

그 노동의 장인이 되기 위해

그 고생의 달인으로 남기 위해

—「손발 노동」 부분

　삶이란 이런 것이다. 그래서 흔히 우리는 '생활 전선'이라는 말을 하지 않는가. 경험해 본 이는 알 것이다. "이번 달은 월세는 낼 수 있겠다"가 얼마나 대단한 메시지인가를. "손발 노동의 새벽 버스를 탄다"가 얼마나 감동적인 스토리의 시작인가를. '생활인의 철학'은 다른 게 아니다. 그저 열심히 돈을 벌어 식구들 먹여 살리는 것이다. 소상인들이 벼랑 끝에 서게 된 이 엄혹한 팬데믹 시대에 시인은 열심히 살아가는 이 땅의 서민들에게 응원의 박수를 보내고 있다. 시인 자신도 "어스름 달빛을 타고/ 치열했다고/ 살기 위해서 살아남아야 한다고/ 훌쩍 지나 버린/ 짙은 밤 거울 속 내 모습처럼"(『시간』) 힘든 시간을 버텨냈던 것이고. 서민들 각자가 서로 돕고 화합하며 살아가야 하는데 그렇지 않은 경우도 있다. 시인은 이 세상을 살아가는 철학이 스스로도 분란을 일으키지 않는 것이며 분란에 휩싸이지도 않는 것이다. 그저 조용히 일하고 가족 건사하는 것이다. 하지만 이 소망을 이루는 일이 결코 쉽지 않다.

> 모든 것이 물 흐르듯 자연스러운 퇴근길
> 비상등을 켜고 있는 고장 난 차는
> 이유 있는 화를 치밀게 한다
> 건강하고 조용하고 섬세한 하루를 망치는 검은 음모
> 그것은 시민의 수명을 단축시키는 공공의 적
>
> 화가 나지 않는 귀가를 위해
> 퇴근 시간을 더 앞당기기로 했다
>
> ─「건강한 퇴근길」 부분

  시인의 성격이 잘 드러나 있는 구절이 아닌가 한다. 치열한 경쟁 사회지만 우리 모두 각자 자기 본분을 지키고 자기 자리를 지키며 살자고 말한다. 기업을 경영하는 사람으로서 이런 마인드는 좀 곤란한데……. 걱정이 된다. 뒤늦

게 시작에 몰두하게 된 연유가 살짝 비치는 재미있는 시가
있다.

학교 다닐 때

교수님은

소설이란

있을 법한 거짓말이라 했다

요즘엔 소설책이 잘 안 팔린다고 했다

거짓말 같은 얘기가 사실이 되어

현실에 나타나는 때

있을 법한 거짓말 얘기가

눈에나 차겠나 싶은 생각이 들었다

그래서 난

거꾸로

없을 법한 진짜를 쓰기로 했다

그리고

그걸

시라고 부르기로 했다

—「정의」 전문

요즘엔 잘 팔리지도 않는 "있을 법한 거짓말 얘기"인 소
설 대신 "없을 법한 진짜"인 시를 쓰기로 했다는 것이다. 이

런 비유에 동의하는 시인, 소설가가 많을 터이다. 회사에 출근해서 시를 쓰고 있는 작은 광고 회사의 사장인 박찬호 CEO에게 사업 성공을 기원하지는 않겠다. 부디 이 서럽고 아름다운 세상에서 오래오래 건강하기를 바란다. 또한 이 제 막 쏟아 놓기 시작한 "없을 법한 진짜" 이야기인 시를 계속 씀으로써 댐의 수문을 박차고 나온 물처럼 이 세상을 흠씬 적셔 주기를 바란다. 그럴 수 있을 거라고 믿는다.